虹色の器

小沢瑠奈歌集

短歌研究社

虹色の器　目次

Ⅰ　発表歌

装画　著者

虹色の器

I

発表歌

森かげ

さまざまな思い抱きて向かい来し逗子駅ホームの目先の森よ
わが思いノートとなして記さむか我に頷くその森かげに
尋ぬればとき折々の我が思い森は静かに語りくれなむ
若草の色の空見ぬ昼の空夕べの色に変わるひととき

大いなる天のアートよ漆黒の空に下弦の黄金の月

朝の日に清くひかりて静もれる欅は深き法を知るごと

たどり弾くバッハクラビアの旋律を今日一日のよろこびとせむ

「短歌研究」二〇〇七年二月号

四季の移ろい

明るさを伴い春は訪れぬきさらぎの空ひかりているも

花のとき迫りて薄き紅の色まさりゆくさくらつぼみに

ふつふつと噴き出す精気四囲に満つ重く茂れる六月の森

木々の葉は風にそよぎてうたいいる夏日きらめく朝楽しきと

部屋に差す朝の日少し黄色くて夏はひそかに去りてゆくらし

歩道《みち》の上に真赤き一葉落ちていぬ去りゆく夏の置きみやげかな

電線に群れとまりいる鳶たちの屋根は冬空に高く浮く雲

さくら木の枝にひかりて須臾の間の宝を恵む冬の朝日は

憂いの調べ

叫びつつ泣きつつ少女はバイオリンに取り組む美《は》しき音を出さむため

延々とつづく一節の反復よ少女の弦は涙にぬれぬ

美《うつく》しきもの得る道は厳しくて少女泣くとき胸は痛みぬ

節ぶしはやがてつながりシベリウスの憂いの調べ流れ始めぬ

時折に胸つくほどの深みある音流るるを息ひそめきく

バイオリン等なすこと多き少女なり〝頑張れ〟と言えば小さく頷く

烈しき情《こころ》

孤独とは烈しき情夜の闇に荒るる嵐か我を揺さぶる

寂しさはたとえてみれば墨色の疎林の氷雨に濡れいるごとし

わたくしの影もこころも売りましょうもしもあのひとに逢えるのならば

空の青透かし流るる刷け雲よわが悲しみを乗せて行かなむ

津田塾大学卒業五十周年記念誌　二〇〇七年九月三十日

紅梅の花

我もまた透き通るかと清やかな睦月の空を仰ぎておりぬ

三十年いとしみきたる紅梅の美しき色こぼし蕾ひらきぬ

別れゆく我惜しみてと見詰むればかすかに揺るる紅梅の花

電柱に金の光の跳ねている雨の明けゆく如月の朝

ああこれは春の風なり戸を繰れば光を伴い吹きくる風よ

見渡せば逗子の野山に若葉萌え我はみどりのきらめきの中

孤りなるこころは悲し他所の家の灯りなつかしみ窓に寄るかな

あの家のひとも起きたるか窓ひとつ灯り明るき夜明けの闇に

『チボー家』の本に向かえば夢中なりし少女の我が輝きて顕つ

我欲るは喜ぶこころ楽しさにこころゆらぎて頽ゆるむこと

知らぬ間に我は生《あ》れたり束の間に生を味わいそして消えゆく

不可知なる運命《さだめ》と思うこの頃は我であることここに在ること

日本短歌協会「歌人年鑑」二〇一〇年度版

古老のごとき

小さき丘ブルドーザーは壊しゆき地震のごとく家を揺らしぬ

剝き出しにその根をさらし倒さるる大樹の痛みを我は救えず

倒されし巨人を思いぬ横たわる古木の無念大気を震わす

我もまた木々を倒して拓かれしこの玉川に移り来し者

隣家の大樹仰げば玉川へようこそ来たねと葉をさやがせり

窓に立ち大樹に向かう玉川の変遷知りたる古老のごとき

ひともとの大樹に思う玉川は深く美しき森でありしを

日と雨を豊かな樹体に受け止めて常に悠々の大樹よきかな

ふところに風を抱きて楽し気に身を揺すりいる今日の大樹は

名を尋ねけやきと知りぬ隣家の日毎敬いて仰ぐ大樹よ

春の日がとねりこ葉上に止まっているよきらきらひかり笑いかけくる

誠実は我の取り柄と言いてよししばし吟味し強く頷く

日本短歌協会「歌人年鑑」二〇一一年度版

松本の街

十代の〝時〟がひしめき寄せてくる初恋もありき松本の街

十七の清き心に恋せしはピアノの師なりきかのときめきよ

師にいつかわがこの恋を告げなむと胸に秘めいしを今は亡きとぞ

故もなく涙流るる白雪の北アルプスの峰を仰げば

四十億年過ぎて太陽は死するとかいかなることの起こりゆくらむ

この星の最期に向かう大河なる時の流れに浮きいる我は

この星に最期のあるを思うときことさら輝く今朝の春の日

笑ったりつまらぬことで怒ったりあなたがわたしの傍にいた頃

時の川行ったり来たり岸に寄り笑い語らう逝きし人らと

過ごし来し〝時〟は記憶の海に浮く動き回る影追えば逃げゆく

みやびなる春を見るかなもやのごとしだれざくらの薄紅の色

新緑を風に揺すりいる大樹かも仰ぎて我は大人の気分

半月が暗きとねりこの葉陰よりわたしを見ている恋人のよう

日本短歌協会「歌人年鑑」二〇一二年度版

嘆き

大好きな大好きなひとらつぎつぎとあちらにゆけばあちら恋《こお》しき

地に伏して嘆きを叫びたき思いじっと押さえて電車に揺れおり

我のこえ元気でよきとひとの言う心の奥の闇は知られず

一詠の秀歌の故にそのひとを忘れるを得じ逝きたる後も

吹きすさび牙をむきいる春あらし身をしならせて耐える木々かも

春疾風去りて青空広がれり日ざし明るき朝の庭に

暴風雨によくぞ耐えたねとねりこよ細幹立ててすっくと立ちいる

桃の里に桃の花見むと訪ね来ぬ見渡す園に春日明るき

ふくふくと蕾ふくらみはなやぎの間近き園の気はかぐわしき

好きなものあるはよきこと好きなもの見れば歓びの湧きてくるかな

わたくしの好きなものは雲大空を渡りゆく雲見れば嬉しも

夏空は幻想をよび我はいま青き光を湛える泉

日本短歌協会「歌人年鑑」二〇一三年度版

湖《うみ》のごとき空

今日睦月雪消《け》のこりて向かい家の屋根白しらと光を放つ

裸木の木末《こぬれ》の狭間《はざま》に夕雲が朱くひかりいる須臾の静けさ

雨雲はいつ去りたるやふと見れば青さえざえと湖のごとき空

真黄色《まきろ》なる山吹の花今朝ひらき風と遊ぶかはつか揺れいる

アザレアはピンクの花芯を我に向け生嬉しきと歌いかけくる

美しき季に会うかな日を受けて若葉は緑金の光をともす

ガラス戸の向こうに小さき世界あり風が光が四季が渡らう

目覚めよとからすのひとこえ鳴き渡り力は湧きて床を出でたり

山鳩の甘き鳴きごえききおればひと恋う思いほのと湧きくる

「新雪」をきけば思ほゆ亡き兄が背をば丸めてそを弾きおりき

会いたきや逝きしひとらに会いたきやひた駆けりゆくかの世への道

春の日ののどけき空に改憲の不穏の黒き雲浮きており

日本歌人協会「歌人年鑑」二〇一四年度版

青き光

美しき光に酔いぬガラス戸にひろがるかえでの雅びなる黄色《きい》

おやこれは知っている音からからと枯れ葉鳴る音木枯しの音

戸を繰ればいま日は出でて玉川の森も家々も白光の中

視界広く金粉きらめく森木々に冬の日の出の束の間のとき

わがからだすべてをひらき雲ひとつ無き冬空の青を吸いこむ

空の青裡に満ち満ちて我はいまさやかに青き光となりぬ

若葉ひかり風は冷たく鶯鳴くこれぞ楽園五月の今朝は

「ママ」と言い肩に触れくる五十代の娘《こ》は幼子の頃と同じに

五十代の娘が「ママー」と言い寄りくれば両手に受けてしかと抱きぬ

五十代の娘は手料理をよろこびぬ「わぁママの味わぁおいしい」と

風や雲生きものすべて岩さえも話をし出す賢治集よめば

賢治ならどんな言葉をきくだろう若葉きらめかせ風渡りゆく

虹色の光

晴れやかに朝は明けたり日を受けて電柱一点白光を放つ

冬の日の野に満ちいればものなべて愁いを消してただひかりおり

豊かなる暮しならずや緑金のひかりきらめく朝の窓に

半月にそっと触れつつ金色にひかる薄雲空流れゆく

虹色の光を宿す我を過ぐる〝時〟納めたる歌の器は

日本短歌協会「歌人年鑑」二〇一五年度版

まぶしきばかり

老人《おいびと》の思いを今は我も知る終りの見ゆる深きさみしさ

老人《おいびと》を心して見よ若者よここに至るは束の間のこと

幸せなわたしにちょっと会いたくてアルバムひろげ若き日を見る

アルバムに子育て最中の我がいる気力はあふれまぶしきばかり

過ぎし日の断片どれも花の色満ち足りていし日々を羨しむ

過ぎし日の花色なりともな振り向きそよきこと掬い現在《いま》を生きなむ

ひらきゆく速さわからず椿花《か》のつぼみの紅の日毎増えゆく

春近き小暗き庭にほっかりと明かりをともす椿の紅は

嬉しとのこえきこゆかとみずみずと真紅き椿の花を見ており

大木は枯木と見えしをこの朝花噴き出て耀い立てり

大木の花に包まれ輝くを賛辞捧げつつ十日仰ぎぬ

これほどに悪しきとわかりいるものを何故に使うか原発不可解

日本短歌協会「短歌年鑑」二〇一六年度版

我の王国

冷たくて清やかな風ああこれは早春の風知っている風

木々たちのいのちいとしき気がつけば小さき若芽ののぞく庭木々

見通しのよかりし視界をあわあわと若芽のみどりかすむ窓先

底ひより感謝の思い湧きて来ぬその青澄める夏空に会い

わが眼澄みているらむ梢《うれ》の間の清き青空眺めいるいま

束の間に過ぎゆく今日を溜息をつきつつ送る老いの夕暮れ

わが生は一吹きの風楽土より起り来たりて吹きもどりゆく

ひとりぼちポール・モーリアをがんがんと鳴りひびかせて朝餉の支度

ひとり居の我の王国意のままにひと日を過ごすぜいたくならずや

楽の音を春の日差しをひとり占めいま王国の主なり我は

いつの日か自由は孤独と耳にせりほんとにそうだと思うときあり

憂うるは君たちのため若者よ国の行く末いかになるやと

日本短歌協会「歌人年鑑」二〇一七年度版

金色の光芒

青深き空に触るるを欲るごとくさくらは高く梢を差し伸ぶ

金色の光芒放つ日輪を海は静かに迎え入れにき

銀色に海輝けり銀色に我も染まりて海を見渡す

日本短歌協会会報一一号　二〇〇八年

*

とねりこの葉の間にきらめく光ありのぞく冬日は今クリスタル

枯れ茎になお凜と咲く紅色の小菊花群よいのち清けき

いのち消ゆ触るれば弱く動きいしみみずはただの紐となりいぬ

会報一九号　二〇一〇年

*

さえやかな冬空の青そこに浮く千年前と同じ刷け雲
万年を雲は変らずひとの世のしげき移りの上を流るる
白雲にこころを乗せて青き空巡るは我の娯楽のひとつ

会報二三号　二〇一二年

銀のネックレス

華やぎの時思い出ず引出しに見つけときめく銀のネックレス

マンハッタンのティファニーで買いしネックレス社交もありき夫の傍えで

小さき悔いいろいろあれどけんめいに生きて来しこと己に認めむ

冬の日の明るきひかりあふれいるわたしの生へのご褒美のよう

ふとよぎる必ず来る日誰もみなゆき会う日なれどただただ不思議

誰もみな己の消ゆるを諾えずあの世に生の続き見るらむ

会報二〇号　二〇一五年

Ⅱ

逗子にて

別れ

決意

荒れ庭にひっそり咲きぬぼけの花ときめき植えし時思い出ず

夢抱き花木を植えしときありき夫なき今を花と嘆きぬ

この家は夫とつくりし巣でありき手放すことに迷いはやまず

夫と植えし今は豊かな庭木々を見つつ決めゆく家手放すを

古きメモ帳

過ごし来し〝時〟ひとつずつ捨つるごと持ちゆけぬ品処分してゆく

この品は迷いて決めて買いしなり捨てむとする手のしばし止まりぬ

捨てがたし次女結婚のあとさきの頃しるしたる古きメモ帳

出張の夫ニューヨークより帰り来とどんな顔して迎えたのだろう

処分せむとすれば呼びかけ語りくる物それぞれにこころあるごと

さようなら

亡き母にもらいし梅の小さき苗今は形よき大樹となれり

この美しき色を見るのも最後なり窓辺を飾る紅梅の花よ

夏の日は厨の窓に明るくて別れ近きを思いたたずむ

さようならさくらよ逗子の森木々よ朝ごと窓によりて見詰むる

今のわが心と同じ梅雨空に激しく身を振るさくら茂りは

この朝も三浦の山に向かわむと窓辺に寄りぬ静けき山よ

わが思い常にやさしく受けとめてくれたる山々我は忘れじ

心こめ真向かいているこの我をしかと留《とど》めな三浦の山よ

さようならとバスの窓よりつぶやきぬ椅子など買いし岡家具店よ

帰り来て安堵し降りし逗子駅なり月が迎えしこともありしよ

ふるさとのごとしと降りいし逗子の駅今は去りゆくさすらい人我

逗子の地を今は去りゆく亡き夫と終のすみかと決めいしものを

横須賀線

横須賀線車窓をよぎる風物を見れば思わるるさまざまなこと

夫子らに夕餉の支度をせくこころなごませくれし戸塚の丘は

過ぐる〝時〟惜しみ見詰めし保土ヶ谷の清き夕日にひかる白壁

高層のビル増えつづけ二十年変貌しるき東戸塚は

こわされし丘をいたみて涙せし時もありけり戸塚大船

鶴見川渡れば和式庭園の実習所あり見て楽しみき

夕べ来てひとつひとつと点る灯《ひ》に心を寄せしこともありしか

鎌倉の武士も向かいけん梅雨にぬれ暗くたたずむ鎌倉の森

街中の立木一本新緑のいぶきあたりを清めおりしを

迷い入りし座席のとんぼつかまえて逃がしてくれし男《ひと》の思い出
満ち足りて気力あふるる我がいる横須賀線の思い出の中

四季折々

花に包まる——さくら 1

朝ごとに四季折々の姿見るこのさくら木とのつきあい長し

窓の辺に枝差し伸ぶるさくら木と四季のめぐりを共に経るかな

さくら木のつぼみふくらみにぎわいの気配は満つる春の日の中

華やぎの季の始まりをたおやかに告げてさくらばなひとつ開きぬ

花のとき正しく知りいてさくら花やよい月末開き始めぬ

つい先に裸でありしさくら木のいま咲き満ちて花に包まる

若葉ふき出す——さくら　2

さくら木のいのちの営み激しくて花振り払い若葉ふき出す

小指ほどのさくらの新芽は日々育ち五月豊かな茂りとなりぬ

今日は早やさくら並木に花無くて育ちし若葉のみどり明るき

一粒があっもう一粒がきらめけり雨の雫がさくら茂りに

朝の日に雨の雫がきらめきてさくらは光の木となりて立つ

精気満ちいまは青年のさくらの葉そよげば青き光流るる

渡りゆく雲と何かを話すごとしきりに梢をゆするさくら木

夏風にそよぐさくらの葉に合わせ我も吹かるる無我を欲りつつ

去りゆく一葉——さくら 3

窓おおうさくらの茂りに黄色き葉今朝は増えいて部屋の明るむ

日の光さくら茂りを金色にひかりきらめかせ秋は来にけり

いっせいに並木のさくらは葉を垂れぬ季のめぐりにすばやく応え

精気あるみどりの茂りはやなくて銀に煙れる今日の並木は

この夏を窓になじみいしさくらの葉惜しむ我を置き日毎消えゆく

この年も夏は終りぬ茂りいし並木さくら葉日々薄れゆく

朱色《あけいろ》の葉は一葉ずつ散りゆきてさくら並木に秋深まりぬ

数枚の葉をはためかせ秋風は短音階の調べ奏すも

枝先の黄色き一葉去りゆくか風に揺れいる別れ告ぐごと

真黄色なるさくらの一葉よさようなら秋の季乗せ去りゆく一葉

朝ごとにいつくしみおりし赤き葉の今朝は消えいぬ霜月七日

残りいし葉を振り落としさくら木は裸となりぬいよよ冬なり

早春賦——春 1

きさらぎに明るさ増しぬ空の色春は光を連れ訪れぬ

やわらかき日差し当たりて木の肌の明るくひかる立春の午後

日の光部屋にあふれて朱色に我は輝くきさらぎの朝

居間に入れば白きカーテンまぶしくて春日うれしくしばしたたずむ

冷たけれど光きらめかせ吹く風の頬に触れたり春始まりぬ

「早春賦」口ずさみゆく頬を打つ風の冷たき明るき街を

紅のはなやぎ――春 2

裏庭にこの春もまた梅咲きて今盛りなる紅のはなやぎ

紅梅の色あざやかな花の色今朝も確かめあれば嬉しき

ひと月をはなやぎていし紅梅の褪せ始むるをしみじみと見き

白梅は咲きて散りゆく我が庭にとき移りゆく朝な朝なと

はかなしと世の移ろいを思いいれば木肌に明るし春の光は

春の夜——春 3

真白にぞ富士の高嶺とうたわれし真白きみ姿春の野に立つ

まろき雲いくつもつながり大行進空には春の光満ちおり

ビル群の連なる壁のひとつずつ春の陽触れて白く輝く

春の夜さまざま浮ぶ思い出はやさしき色して我《わ》を魅するかな

新緑の季——夏 1

おや薄きみどりの藻屑らしきもの百日紅の裸の枝に

新緑の季始まりぬ萌え出でてみどり明るき彼方の森は
湧くごとくみどりあふるる朝の庭木々それぞれのいのち輝く
生れ立てのさくらの若葉きらめきて流るる風は初夏の香りす
そよぎいるさくらの若葉の明るさよ五月は少年の輝きをもつ
萌え出でし若葉そよかぜ風渡り我が心奥の瞬時きらめく

憂きこころ捨てよと風は流れゆき応えて若葉の茂りきらめく

青色の風ひかりつつ渡りゆく明るき若葉の並木をゆすり

生垣の新芽は青くひかりいぬ友らと憩う茶房の窓に

生垣の新芽のひかりは胸に満ち一日我は輝きていぬ

六月の木々は生い茂りその強き生への意志のひたと迫り来

沈うつを押しつけてくる硝子戸をおおう雨雲の灰色の空

梅雨は明けたり——夏 2

梅雨明けを告ぐるごとくに剪定の音鳴りひびき照る日は強き

梅雨明けを告げられし今日風強く緑金きらめかせ並木揺れいる

空の青みずみずしけれしげき風青葉きらめかせ梅雨は明けたり

梅雨明けて蟬高き音で鳴き出でぬ夏本番のいよよ始まり

高らかに蟬は鳴きいるその小さきからだの元気すべてを放ち

梅雨明けの明るき木々の輝きを貰い酷暑の葉月迎えむ

陽気な葉たち——夏 3

ジョイス読みダブリン市街にたたずみてふと見上げれば逗子の夏空

ひと夏を茂る雑草は授かれる生を素直に生きて輝く

ひかりつつ風に揺れいる森の木々楽し楽しと笑いいるごと

「ははは」と笑いかけくる硝子戸にあふるる初夏の陽気な葉たち

きらきらと光を振り撒き揺れている重き茂りの夏の森木々

ざわざわと重たく揺るる夕暮れの森は太古の時さながらに

朝の空腹──秋 1

酷暑の日やっと終るか彼岸過ぎ冷たき風の窓より入り来

戸をくれば涼しき風の入り来てほのかにも湧く朝の空腹

そよぎ来る風はほのかに冷たくて肌はよろこぶ秋の気配を

喘ぎいし暑さ今日なく乾きたる風の触れゆくバス待つ我を

涼風にのりきこえくる逝く夏にしがみつくよな蟬のなきごえ

わが裡の澱振り払うからからからと並木を渡り吹きくる風は

柔らかき朝日――秋 2

秋は来ぬ日は柔らかく心地よき温《ぬく》み嬉しく窓辺に寄りぬ

朝の日がアルミサッシにひかりいるこの秋初の金の輝き

秋という訪問客を迎えむとやわき朝日を両の手に受く

秋の季そっと訪れぬ椅子の背にやさしく明るむ今日の朝の日

ゆったりと時は流るる秋日照る道ゆく猫の歩みに合わせ

金木犀一樹咲き満つ黄金の大き冠庭に輝く

金木犀いま花盛り黄金を身にちりばめて秋祝いいる

よろこびの光となりて出ずるごと黄色く輝くつわぶきの花

きりりりと花弁張りたるつわぶきに元気もらいて朝を始めぬ

清き一樹――秋3

癒されてしばし仰げり丘の上の秋日にひかる清き一樹を

それぞれの心抱ける人の上に初秋の空の青はやさしき

薄青く空が透きて見ゆるごと淡き月浮く秋の夕ぐれ

古のひとのあわれの知られけり冷雨《ひやさめ》の降る秋の夕ぐれ

木の間より覗きいし雲いずこかに去りてしまいぬ寂しさを置き

雲ゆきし後には清き秋の空青くひかりて梢の間に見ゆ

この年もまた秋空に会いしことよろこび清き青仰ぎいぬ

秋空の青の奥へと入りゆき天上人に会うを思いぬ

色づける森——秋 4

紅葉の秋のこのとき森木々の個性見るなり異る色に

木々たちは素直に季に従いて四季折々に身をば変えゆく

はなやかに色づける森よ木々たちは秋は来たりと知らせくれるも

冬の光――冬 1

庭木々と共に真白く輝きて冬の光の中にたたずむ

空青く笹はかそかにそよぎいてのどかさは満つ冬の昼過ぎ

山の上の娘の家に来て窓の外の冬空の青としばし遊びぬ

時あれば常に見上ぐる空と雲初冬の今日は白き刷け雲

やさしさが覗きいるごと裸木の枝の向こうにひかる白雲

馴染みたる空と雲なりさまざまな過ぎ来し時を我に語りかく

いつの日も変らぬ空よ白き雲浮く冬の空見ればなつかし

無音の一刻——冬 2

鎌倉の森色づきぬ師走いまこの年最後の木々の輝き

足早に白き光のうっすらと朱を帯びゆく冬の夕ぐれ
森木々も家も茜に染まりいる日沈む際《きわ》の無音の一刻
悠久の時の流れをききいるか夕べの空に静もる木々は
夕光に朱に染まりいる冬の森この平安よ永久にあらなむ

正月の空――冬 3

木も街もそこゆく人も幸せの光をまとう冬日きらめき

平安をことほぎ仰ぐ正月の空すがやかに青くひかるを

裸木の木末にひかる空の青胸に満たして夕べとなりぬ

車窓より

総武線

薄闇に燃え立つ紅蓮の炎ありビルのガラスに映る没りつ日

ビル群の上にくっきり白き月パウル・クレーの絵をみるごとき

家の窓夕日に赤くひかりいる夢の世界の入口のよう

湘南の野は色褪せぬ逝く夏よ酷暑の夏も今はなつかし

一本の木が色づきてひそやかに華やぎているビルの谷間で

わずかなる緑は宮を包みいて神の霊気の木の間より洩る

蟻塚をつくるは蟻ら人間はコンクリひしめく街をつくりぬ

掘削機群がりて立つ小さき岡傾く木々の呻ききこゆる

間をおかずしゃべり時には笑い合うおみな四人の活力ぞよき

車内吊りのクロネコヤマトの黒ネコは利かんきの目をしてとてもかわゆき

発車待つしばらくの間を夕暮れの空の高みに遊びていたり

小田急線

鰯雲の長き隊列広やかな相模平野の空渡りゆく

鶴の群の舞いておりしか小田急線「鶴川」「鶴間」の駅の名あり

相鉄線

温かく人らの肩を寄するごと岡に家々は軒並べいる

笑い声溜息息吹き洩れ来そう相鉄沿線並ぶ家々

中央本線

山の端の淡き空の青信濃路の夕べの空はやさしき色す

京浜急行

「生麦」を通れば思う仲間らと歩きし歴史探訪の日を

空雲風

青き冬空――空

見る度に我の心をゆする空今日はさえざえと青き冬空

初夏の空青くひかれる窓に寄り『好色一代女』よみおり

笹の葉のはざまにひかる夏の空こころに満たすその清き青

夕暮れの木の間にひかる夏空の青に染まらなさやかな青に
すがやかな空の青のごと透きとおるひととなりゆくことを夢みぬ
青空に木末は常に抱かれてやすらぎているそを見る我も
雨明けの空の青さよその青をひと日抱きてやすらぎおりぬ

しばしさまよう――雲

空の青秘力を持つか一刷けの雲青に溶け消えてゆきけり

ひとひらの雲に行方を尋ねつつ真青き空をしばしさまよう

大空をゆったり進む雲見れば心ひろがり深く息する

透きとおりゆく――風

青々とひかる空より風吹きて触るれば我は透きとおりゆく

真青なる空より風の流れ来て洗われ我は真白となりぬ

縄文の人の頬にも触れし風今さわさわと茂りをゆする

木を揺らし風は呼びかく悠久の時の流れにこころ留めよと

とき折々

タイムマシン――思い出 1

振り向けばいとしき記憶道筋にそちこちひかり我に呼びかく

道筋をいきつもどりつひかりいる記憶に触れてしばし遊びぬ

タイムマシンに乗りて自在に行き来する我の一生の過ぎける〝時〟を

色即是空——思い出 2

幼き日楽しく過ごしし鹿児島の家は戦禍に跡形もなし
中学を三年過ごしし学び舎は移築をなされ消えてしまいぬ
手に触るるごとくあざやかに浮びくるを過ぎしものみな形なきなり
確かなるものは一瞬の〝今〟のみか色即是空を深く噛みしむ

逝きける人々――思い出 3

さまざまな〝時〟詰まりいるわがからだ逝きけるひとのひょいと現わる

ランボオに夢中でありし亡き兄よ若くてあなたは輝いていた

「アルハンブラ」きけば俯き弾きおりし鼻梁秀でし叔父思い出ず

「この子はねつぼ当てるのがうまいのよ」叔父に自慢気に言う母のこえ

「おおほんとだこりゃいいわい」と叔父のこえ我は六歳きのうのようだ
老いしとき恋いいしことを告げなむと思いしひとの逝きしを知りぬ
「あの方は初恋のひと」と笑いつつ言えどこころはかすかに揺れぬ
終の道いく我をおきまたひとり逝きけり愛の記憶を残し

雪降る夕べ――思い出 4

思い出はどれもいとしきすこやかにみな笑いいる逝きし人らが

逝きし人我が念力で呼び戻すことできぬかと思いこらしぬ

我と触れ逝きてしまいし人たちの笑うこえする雪降る夕べ

野を渡る風の一吹き過ぎて来し七十年のとき折々は

涙川――悲しみ

何気なく封印の解け抑えいる悲しみのつと顔をのぞかす
物をのみ残し消ゆるは生くるものすべての運命《さだめ》と思えど悲しき
わたくしは悲しみ詰まる一本の柱となりて身じろぎもせず
古の人の詠みたる涙川おおげさならず我を流るる

悲しみの我が身を刺せば唇を血の出るほどにしばし噛みしむ

大き器――寂しさ

我になき家族の温み洩らしいる　灯《ともしび》　明るき家々の窓

居すわりて我を削りゆく思いありそは灰色の〝寂し〟という虫

人はみな運命を逃《のが》るる術なしか厚き落葉を踏みしめてゆく

とりつける思いに削られ細りゆくそれではならぬ解き放たれよ

夏去れば暑さを理解できぬごと寂しさわからぬ時よあらなむ

寂しさも生の証しと受け入るる大き器を持たむと思う

遠き雷鳴――不穏

ざわざわと絶えなく揺るる暗き森裡に抱えぬ理由《わけ》なき不穏

落ち込めば泣けよと自分に言いてみぬどうにもならぬ心もてあまし

しばしの間静かに眠れわが魂よ揺れる電車に五感を閉じて

安穏を恵みたまえとひたすらにひかる夏空に向かい祈りぬ

人生の終楽章は朗らかな調べがよきと勧むるひとあり

生きいればきけるものかな冬の朝遠き雷鳴としずけき雨音

衰　え――わが生命　1

老いゆくは抗えぬと告げいるか足のしびれて歩みを阻む

俊敏を得意としたるひといずこのろき動作の己に腹立つ

生命の火弱まりたるかしゅわしゅわと芯より冷えの湧き来て寒し

去りゆきし一日ひとひが我が白き肌の輝きを奪いていきぬ

痛みあるときには思う痛みさえなければひとは幸せなりと

こわれやすき心抱えて生きて来し今は身さえも危うくなりぬ

自由には操ることのできぬかな心もからだも我がものなれど

仏法の教えは我執を捨てよとや難きこととなり我なくすとは

なんとまあ自信ありげにいることよ思い出の中の若き日の我

さまざまに愛うたいいる若きらよ我にもありし青春《はる》を思いぬ

神　秘――わが生命 2

我が裡にかくも赤きもの流るるか手の指切れば血のあふれ出ず

赤き血の流るるを見ぬ我が皮下にある営みの神秘なるかな

湯の中に裸身の白く光りいて生ある我の今をいとしむ

我が生のここに在ることの不思議さを今更思い父母を偲びぬ

父母の生命継ぎたる我が身体鏡の中にしみじみと見き

人生はプラスマイナスゼロなりといやゼロならばまだよいのかも

生きものの務め為ししと思う故この天地を胸張りゆかむ

黄金の音――わが生命 3

わが裡に黄金の音の鳴りひびくバッハパルティータひとりききつつ

「プレイバッハ」のジャズの音ひびけば我が身体楽器となりて共に鳴るかな

インベンションきけばバッハを知り初めし少女の頃の日々浮びくる

音にのりて少女の我を育みし安曇平の野をめぐるかな

流れいるショパンのピアノコンチェルト少女の私が笑って手を振る

コスモスの花のごとくにありたしと少女の頃に我は思いぬ

心地よき涙流れぬ朝餉どきベートーヴェンのソナタ流れて

グールドの話をききて涙して心は澄みぬひかる空のごと

生野菜――わが生命　4

大川のもとなる水のしたたりて営み聖なる山の岩肌

川の名は柏尾川とぞ名を知れば命あるごと川は輝く

銀光をきらめかせつつ軽飛行機真青き空を舞い飛びゆけり

下校時の子らの元気にさわぎいるやがてくる老い影さえもなく

雨の朝舗道を駆ける靴の音若さと元気が軽く過ぎゆく

卓上の黄蘭の一花起きくれば明るく笑まい我を迎えぬ

食卓に赤き蘭の花輝きて朝の目覚めの明るくなりぬ

生野菜兎の顔を思いつつもぐもぐ食めば青草の味

農民の裔なる証しか青々と広がる田畑見ればなつかし

ほろ酔える葬儀帰りの男二人大き濁声で戯れ合いている

騒ぎいる喪服着けたる男らを此岸に残る我の見ており

心なきこと言う人よ平静を保たんとして菓子頬張りぬ

古歌よめば詠みし人たち甦りこころ生き生き我に触れくる

ハンカチ王子――わが生命　5

行儀よき野球王者のニックネームハンカチ王子に日本は沸きぬ

少年は見目はやさしく試合中ピンチにひるまぬまさしく王子

少年をハンカチ王子と名付けたる人誰ならむ賛辞を捧ぐ

老子の微笑――わが生命　6

生と死はセットであるを実感し瞬間素直に死を受け入れぬ

胸底に癒えぬ痛みを抱えれば消《け》ぬべき時をいまは怖れず

よきことも数々ありぬ生れしことよしと思わむ先に死あれど

七十余年終りへとつづく一筋の道をひたすら歩み来しかな

耐用の期限つきたる掃除機よ宇宙万物寿命あるなり

我が終り受け入れゆかむよろずごと終りあるとう法に従い

幽かなる老子の微笑《えみ》を思いたり木肌にひかる春の日見つつ

絆深き人々

墓参の集い

毎夜さに勤めの帰りに酒飲みし仲間ら亡夫の墓参に集いぬ

会社のこと退きてなお案じいて彼らは熱く意見を言い合う

夜更けまで仕事を共に論ぜりと彼らは語り亡夫を偲びぬ

我々の言うこと深くききくれて話すは短く要をつきしと

おざわさんがいてくれればと折々に溜息のごと言葉漏らさる

ありし日の夫の仕事への情熱を彼ら語るを尊びてきく

幾度も家への帰りおそきこと不平言いしを深く悔いたり

横浜汽車道

空の青清き朝に小波の橋の袂に揺るる汽車道

木の道の先に煉瓦の倉庫並ぶ横浜港に冬日明るき

汽車道を夫知らぬまま逝きけるを惜しみてひかる小波を見つ

幻の手を取りてゆく汽車道の光の中に夫はほほえむ

夢の中（夫逝きて二年）

ラジオより「好きよ好きよ」の歌流る届かぬ思いにこえしぼる歌手

「ただいま」とはっきり言いぬ夢の中久々にきく夫のこえかな

宴席に夫失いし我のこえ高く笑うを冷めてききおり

折節にあったらよいのになど思う願いをかなえる魔法の力

くすぶる熾（夫逝きて四年）

笑いいる写真の夫よ気もつかずおりし幸せの時のおもほゆ

「逢いたし」のくすぶる熾を胸底に抱きしままに四年は過ぎぬ

秋の谷戸今日も静かなり夫と二人並びて見し日偲びたたずむ

君がいてこの秋の日の晴朗の真に嬉しきこともありしを

惜しみてもなお惜しみても戻り来ぬ夫と過ごししいくつもの時

銀座

娘《こ》らと逢う日の道すがらしげき雨止みて青空ののぞき始めぬ

甘えらるることは嬉しき「ママ」と言い四十代の娘《こ》ら我に寄りくる

幼子の時と変らず四十代の娘《こ》三人《みたり》を連れて銀座をゆけり

不思議なる縁《えにし》と思う我が前に並ぶ四十代の三人の娘《こ》らよ

なます

娘《むすめ》らにママのなますはおいしいと言われ張り切り具材をきざむ

味は良し五色なますの出来上がりまだやれるねと自分をほめぬ

咲きにおう白百合の野にいるごとき娘《こ》ら愛しきと思う夕暮れ

子供らに我の願うはただひとつ汝らの一生の幸せであれ

我が人生そのものなるよ熟年になりたる娘《こ》らの手を握りしむ

着信

おっはよう！とメールにことばがはずみいる逢えば無口の十二の少女

妖精の呼んでいるごと着信を知らす緑の光またたく

「見にいこうね！〝魔法のステッキ〟楽しみ～」ハート絵入りの幼のメール
かすかにもときめきて待つ幼らと見るを約せし魔法の映画
　　やわきこころ
中一の少女連れゆくコンサートデートの如く浮き浮きと待つ
藤村の詩思いけり駆け寄れる四肢伸びやかな少女見しとき

無口なる少女笑まえば浄らかなもの香り立つその白き頬に

シベリウスのバイオリンコンチェルトききている少女のやわきこころ思いぬ

喪中のはがき

つれあいを亡くしし友よ若やぎていし顔《かんばせ》に皺のいと増ゆ

若き日の輝きを裡に抱きつつ共に老いたる友と語りぬ

悲しみのひとまた増えぬ友二人夫を亡くして喪中のはがき

さびしいと受話器にきこゆる友のこえあいづちを打つ我を乱しぬ

写真には今は鬼籍の男二人翳りもなくて微笑みている

「今ここに」の教えありと励まされ冬の日温き今を楽しむ

スーパーで呼びかけくれし友見れば笑みあふれいて元気湧ききぬ

音のせぬ美しき音色のひびき合う心と心触れ合うときに

とりどりの淡き色の音ひびけるをききて静かに生きてゆくべし

若き日の夫の詩《うた》

我のこと思いて書きし夫の詩《うた》遺品のノートにあるを見付けぬ

いくたびも取り出してよむ夫の詩詩人のこころ持ちいし君よ

雨の夜

小澤　享

雨が霞むように降って
寮の窓からは松林の黒がぼんやりと浮び出ているような夜
雨っていいものですね
雨の夜　あなたは何をしているか　僕にはわかります
小平の松にも雨が降って
あなたはストーリーから目を離して外をみる
ここと同じように雨が降っている松林をみる
白くかすんだ雨とぼんやりと黒い松をみている……
そうでしょう
赤いスタンドの色に染まって

ストーリーのページまで赤くなっていますね
それはどんなおはなしなんだろう?
あなたの好きなあどけないおはなしかしら
ストーリーの上に手をおいて
あなたは窓から外をみている

雨の夜のきれいな想像を
寮生の声が途絶えさせました
こんな夜があったということ
いつまでも忘れないでおきましょう

一九五五年六月十五日

親しき仲間

烏のひとこえ

足までも黒きを知りぬ電線につかまり我を見おろす烏

「まあ仲のおよろしいこと！」電線に二羽の烏の頬を寄せ合う

繰り返し烏鳴きおり日暮れどき親しきひとの我を呼ぶごと

何事を訴えいるのか夕暮れを長く鳴きいる一羽の烏

暗闇に烏のひと声夜の明けを告げて次第に明るみゆけり

一羽ずつ目覚めてゆくかおちこちを烏鳴き交う明けてゆく間を

ウォーミングアップ

大空に生きて鳶らは電線に高く三浦の山を見渡す

電線に鳶十数羽とまりいるいかなる思い交わしいるのか

鳶たちのウォーミングアップかこもごもに電線離れ舞いもどりくる

地の上に住む我なれば鳶たちよ空のくらしを語りくれぬか

戸を繰れば今朝も電線に高々ととまる数羽の鳶にゆき会う

我もまた鳶に倣いてしばしの間じっと動かず空を仰げり

広々と三浦の山に続く空しばし我にも住処となりぬ

けんめいに生きいるらしき鳶らにも悲しみなるものあるのだろうか

手を合わす托鉢僧の形して鳶は動かず朝の日の中

山鳩の甘きこえ

春が来て山鳩はまた鳴き初めぬ訴うるごとき甘きこえして

梅雨の日に鳴く山鳩の甘きこえ久木の朝をしばしうるおす

しめやかに雨降る朝山鳩の心を揺する深き鳴きごえ

山鳩のいのちそのものが鳴るごとく力あるこえしばしひびけり

孤　高

硝子戸を素早くよぎる鳥のかげその活力は無為の我打つ

しなやかに雀振り向く二度三度目先のかげに連れのいるらし

孤高とはこれかと思う姿して谷の浅瀬に鷺の立ちおり

仔のために獲物を追いて走りとぶチータ美しされどかなしき

一本の垂直の棒青虫はミントの茎にうまく化けたり

「頑張れよ」歩道をどこかへ移動中黒と黄縞のけーむしさんよ

真白きひげ根

水中に真白きひげ根増えゆけり精こめ生きるつつじの小枝

柚の実の意志を見るかな房ごとにふくよかな種しかと持ちおり

さえざえと椿の紅のひかりいる心明るむ朝のひととき

いのちとは清らな精気咲き満ちて椿の紅のひかりかがよう

それぞれに違う色して形して花よ何故かく美しき

旅

直ぐき線（千葉）

Ｂ４で一気に弾ける直ぐき線九十九里浜小雨に煙る

球形の遠き縁より寄せて来る波は浜辺に白く逆巻く

人生の序章に会いし人たちと終りの章に集いて二泊

重ね来し月日は消えて七十代の我ら少女に戻り潑剌

九十九里の波の音ききつつ鹿児島の友らとつきぬ昔語りは

千葉にいて思い浮ぶは海の彼方幼き頃の鹿児島の街

母と見し錦江湾の夜光虫いまもひかるや七十年経ぬ

房総に田畑はるばる続きいる恵み尊き大地大地よ

山気迫りぬ（信州）

山の上の街よりはるばる下りつつバスは海辺の街目指しゆく
山ひだに抱かれるごとき村あまた信濃路甲斐路バス下りゆく
悠々と山は呼吸し吐く息は温き湯気となり白くたゆたう
ゆったりともや上がりゆき四囲の山姿みせつつ山気迫りぬ

目の先をアンゴラ兎の大群か山肌に沿い雲流れゆく

山を抜け関東平野開け来ぬ果なくつづく家々の屋根

Ⅲ

町田にて

二〇〇九年八月末逗子より町田に転居

二〇〇九年〜二〇一〇年

大樹の静けさ

秋の陽に葉末ひからせ静もれる大樹を仰ぎ知己となりゆく

落葉の営み終えて大樹いまよろこび憩うか空に静もる

静謐の時を安らぎ裸木の梢は茜の空に動かず

冬空に木末を伸ばしひかりいる大樹の静けさ欲りて見上ぐる

木よあなたのその静けさをくださいと言えば木末はかすかに揺れぬ

清やかな気を贈りくれる裸木は木末を朝の日にひからせて

声なくて語りかけるもの探りつつ朝日かがよう大樹に真向かう

今日ひと日浄くありなむわがこころ朝日にひかる木末仰げば

裸木の樹皮ひかりいる芽吹かむと裡は激しく燃えているらむ

日に雨に風に嵐に身をゆだねいつの時にも大樹ゆるがず

冬日明るき

目覚むれば窓に明け初めし空ありぬ冬の朝の清やかな空

朱色に染まりかがよう部屋の壁見れば山の端に日ののぞきいぬ

幸福の思いは満ちぬ朝の空窓にさやかに広がりいるとき

とねりこの葉むら揺らぎてオレンジのひかりきらめく朝の束の間

さえやかな青に包まれ坐りいぬ窓に広がる睦月の空よ

雨明けの光明るき朝の部屋我が王国の静もりており

辿り来し旅の終りにいる我を祝うか部屋に冬日明るき

生あるを嬉しと思う冬の気の澄みてものみな輝ける朝

朱色の光輝の玉が山の端をしずしずしずと沈みてゆきぬ

扇形の細き木末の美しき冬日にひかり春を待ちいる

移りゆく時を封じて梢の間に太古のままにひかる夕空

たおやかな春

空はまた話しかけ初めぬ嵐去りさえざえ青き玉川の空

硝子戸にひろがる青き今朝の空ひときわ明るし春は来にけり

銀色にまぶしく輝く枝の先春日は美しき光を恵む

傘の先明るむ気がして見上ぐれば雨の向こうに青き空あり

雲は散り青空広がりたちまちに楽しき春の日と変るかな
たおやかな春とはなりぬ薄紅のしだれざくらの今咲き満てり
たおやかな春の季かなはかなげなしだれざくらの淡き紅色
薄紅のしだれざくらのはなやぐをひそかに名付く貴婦人の木と
我が心しだれざくらの薄紅に染まりやさしきおみなになりぬ

八重桜いま咲き満てり大き一樹豊かに重たきピンクをまとう

隣家の八重桜の花咲き満ちてピンクの色に卯月はなやぐ

いのちのさざめき

卯月来て木々は萌え初めさわさわと木末にいのちのさざめきをきく

狂いなき一年毎の営みよ季は来たりて木々の萌え初む

弱々と枯れるかと見えし枝先に新芽現われ日毎ふくらむ

よろこびがはじけ出しそうとねりこののぞき出て来たやわらか新芽

ほんとうに嬉しそうですねかえでさん若葉耀い風に揺れいる

人間に何をされても木々たちは浄き新緑の光を恵む

よいこえでうぐいすひと鳴きたちまちに町田の朝の楽しくなりぬ

おおきれいね思わず呼びかくうぐいすに茂りに高鳴き姿は見えず

藍色の冷気

あえぎつつ坂のぼり来てみずみずと青きあじさいの花に逢いたり

藍色の冷気流れきてたたずみぬ今盛りなるあじさいの花

待ってましたみんみん蟬よ初鳴きの遠くきこえて夏盛りなり

戸を繰れば緑金の光あふれいぬ朝の日かがよう雨明けの庭

雨晴れぬ明るきみどりに金粉を散らして葉むらに朝の日照るも

涼風よ気流に浮ぶ鳥のごと夏の夕べの風を楽しむ

朝より風しげき日なり夏木々は揺れてみどりのひかりきらめく

夏木々と共にきらめき吹きめぐる風にさやさやと頬打たれおり

日のもれて朱黄緑一瞬を色がきらめく夕立の後
雲われて青空のぞき朱色の光の帯が茂りを走る
「テンペスト」を奏でるごとく遠のきて近づく嵐の激しき唸り

夏空の旅

ひとひらの雲走り過ぎガラス戸に広がる清き夏の青空

綿雲の群次々と南より湧きて夏空を走り過ぎゆく

悠々と流れゆく雲夏空の旅へと我を誘いつつゆく

空をゆく白き綿雲その上に乗りて大空を巡りみるかな

目つぶれば心は自由羽を持ち無限の時空を気ままに巡る

まろき月

カーテンにのぞく金色のまろき月心の湖《うみ》を光で満たす

ブラインドの隙《すき》より白きまろき月語りかけるごと我を見ている

半月が我の道づれ中天に白く輝くを仰ぎつつゆく

「会いたし」の思い

悲しみは癖となりしか楽しきときふと灰色の顔をのぞかす

声たてて笑うよことさら張り上げて底ひに闇を抱えたるまま

家々の灯りをみつつ夫娘らとかつて囲みし夕餉思いぬ

あの雲の端より君は我が方を見ているらむかじっと仰ぎぬ

天仰ぎ地に伏し叫べど彼のひとはきこえぬ所にゆきてしまいぬ

残る生《よ》は幾日《いくか》か知らねど「会いたし」の思い抱えて生きてゆくらむ

これのみは唇かみしめ耐うるべし逝きけるひとに会いたき思い

悲しきとかこちおれどもいつの日かそれとも別れの来るを知るべし

恙なくみなくらしいれば幸せと思えよ冬の日も清きなり

かくほどにしがみつくとも去る時よ仕方ないさとうなだれるのみ

仕方なしとあきらめる方が楽なことあるを知るなり長く生きて来て

若さの気

若きらは軽々宙を舞いにけり青春はじける学園祭に

若きらのあふるる能力《ちから》目にしつつ特攻員の無念思いぬ

若さの気朝を満たして通学の若者らの群にぎやかにゆく

美しく映る鏡は良き鏡疑いつつも心かろやか

朝日さす鏡に向かいおのが名を呼びて笑まいてエールを送る

我が描きし犬愛らしく幾度も取り出し見てはいやされるかな

棘のごと胸に刺さりいる言葉あり忘れんとして三日過ぎけり

わが思い分子と変じ留まらむ億年経るとも宇宙の隅に

若苗の並ぶ稲田の美しさつくりし人に畏敬を捧ぐ

高枝に朝日浴びいる烏くん君にも何か悩みはあるの

栗食めばりすの気持ちの思わるるやさしき甘味我にも嬉しき

皿洗う目先に蘭の切り花の赤くひかりてこころ明るむ

演奏の感動熱く語るひときさつつ我も高まりゆきぬ

二〇一一年

山鳩

山鳩の鳴く季来たるかくぐもれる太き鳴きごえ朝にひびく

力ある鳴きごえなれば雄鳩ならむ我にいのちを吹きこみくるる

なやましく我にはきこえる鳩のこえいかなる思い抱きいるのか

これからも鳴いておくれな鳩さんよ汝がこえきけばこころうれしも
庭の巣にせわしく出入りする鳩の暮らしの苦労伝わりてくる

いのちの粒子

くすのきが豊かな樹体を揺すりいるいのちの粒子振りまきながら
椿花《か》が真赤く咲けり残し来し逗子の椿も咲き光りいむ

よろこびはほのかに湧きぬ早春の冷たき風の頬に触るれば
水やればすみれの花は輝きてそのよろこびを訴えくるも

三十五度の攻撃

空の青に染まらな梅雨は今日明けてひねもす窓に清やかな青
灰色のこころ目覚めよ庭の木はいつものようにひかっているよ

いとしきとそっと触るれば芙蓉花はピンクの花弁をふるわせくれぬ

耐え得るか三十五度の攻撃にエアコンつけるか迷う昼過ぎ

地上には風なく熱気こもりいる仰げば空に涼し気な月

熱を吐く舗道上がり来てみずみずと赤きプリムラの小花に会いぬ

みんみんと蟬の元気よ萎える身に精気をもらい夏の道ゆく

白銀の光湧き立つ黒雲の端よりのぞく入道雲に
めくるめく光のかたまり黒雲の端に盛り上がる入道雲は
声も出ず見上げておりぬ輝きて空を圧する入道雲を
そびえ立つ入道雲の迫力よその力欲し小さき我に
来て去りて自在に空を動く雲千年前と同じ姿で

秋の先触れ

葉月末北風吹きてひんやりと頬に心地よき秋の先触れ
一筋の冷風窓より入り来ぬ九月のくるるうれしき知らせ
おおこれは秋の風なり汗をふきたたずむ頬に冷風触れぬ
ちらちらと揺るる葉むらは金色の光を散らし夏は去りゆく

部屋にさす日はおだやかに明るくて暑さを夏の名残りと惜しみぬ

ながつきの夜空にくっきり浮ぶ月「清月ですね」と呼びかけ仰ぐ

夏逝くや日はじりじりと照りおれど多摩の茂りの黄色めくかな

あと何回巡りあうかと惜しみつつ夏の去りゆく野を見詰めいぬ

硝子戸にもみじの美しき紅ひかり安らぎは満つ晩秋の部屋

色づける車窓をよぎる多摩の森馴染みし逗子の森に似るかも

木漏れ日

冬が来て裸となれるけやきの木季に従い生くる姿よ

荒風は前後左右に向きを変え盾なる傘に雨をふきつく

冬の日のおだしき温み身に受けて全ての愁いの消ゆるひととき

冬日さす部屋に葉影が揺れている光と影の愉快なダンス

木漏れ日の揺るるひかりに心寄せ無心になりてしばし遊びぬ

一ひらの雲南より流れくる逗子の空より来たる雲かも

宙天に浮く金色のまろき月仰ぎてしばし天女の心地

車窓には冬日があふれ揺られつつ人ら居眠るこの平安よ

奥多摩の野山に茜のもや流れ師走の夕べはことほぎの色

愛別離苦

夫の名を呼びてゆくなり逝きて後移りし玉川の坂上りつつ

こんなにも幸せなときあったとは夫に寄り添い微笑む写真

会うことのかなわなければ地に頭打ちつけ嘆きを叫びてみんか

人の逝くことほど悲しきことはなし愛別離苦のことば噛みしむ

睦まじさ羨しみ見ており庭木々をつがいか二羽の小鳥巡るを

墨色の嘆きは胸底にひそみいて笑わむとする我を引き止む

人はみな悲しみを負う死の離別いかなる人も逃れるを得じ

勤め終え帰る男たち亡き夫の意欲満ちたる若き日思ほゆ

節太き手

ようやくに馴染める齢に別るる日近づきくるを寂しみて待つ
長いこと頑張って来たねと己が手をじっと眺むる節太き手を
芳香を放つ女《ひと》となる紫蘇の葉を夕餉に食みいる束の間のとき
鍵盤に触るれば美しき音流れ出てバッハは至福の時を賜える

幾度も席をゆずらる電車にて人の情けの身に染みるかな

青春を同室でありし友のこえ受話器にひびく甦るあの頃

大学の友らと会う日の定まれば古き日記を取り出す心地

白くまぶしき

娘に抱かれ迎えてくれしみどりごは乙女となりて娘と並び立つ

「あーちゃん」と呼ぶをためらう前に立つ少女の背は我より高く

はにかみて笑まい頷く十八の少女の頬は白くまぶしき

清やかな風をまといて走りくる少女は夏の夜の舗道を

二〇一二年

春を待つかな

「ああ椿よ生きていたのね！」閉ざしいし固きつぼみにのぞく紅
冬枯れて見るかげもなきあじさいよ青き花咲く季よはよ来よ
きさらぎに寒気襲いて木も我も震えあがりつつ春を待つかな

そっと頬に風触れゆきぬ清やかに温さ含む風春の風なり

春の日のきらめく部屋にモーツァルトききつつ朝のそうじを始む

人見えずなが〜い影が滑りくる春日明るき朝の道を

御苑の桜

花の季迎えて命吹き出でぬ老いて盛んな御苑の桜よ

思うまま枝を差し伸べ咲き満てる巨木さくらのその力かも

権力者の造りし庭に花満ちて名なき人らの集い賑わう

冬去りて花は咲きいでひとたちはそを愛で春を共によろこぶ

はなの季巡り来れどもわが傍え共によろこびしひとの今なき

新しき季

新しき季を呼ぶ風木をゆすり黒雲走らせ猛々しきかな

日のひかりいよよ明るくなりにけり椿の茂りまぶしく照るも

くすの木の大きな茂りの揺れており銀のひかりをきらめかせつつ

卯月の日明るき庭に風しげし木々はひねもすひかりを揺らす

ほのかなる赤き新芽の萌え出でて楓の生の証し嬉しき

枯れ色の野に日はまぶしく輝けり眠れる木々はいま目覚むらむ

淡々と薄き緑はもやのごと多摩の森木々萌え始めたり

山吹の若葉は繁りやわらかきみどりは光り窓辺明るき

やすらぎて身の溶けるごと山吹のやわきみどりの光に包まれ

夏のだいご味

梅雨終り熱気の攻撃始まりぬいかにかわすか葉月は長し

朝より熱気ようしゃなく襲いくる負けじと眉上げそうじ始めぬ

一吹きの風が窓より入り来て頰を冷やしぬ夏のだいご味

扇風機の風心地よき目をつむり青き湖を思いておりぬ

ひいらりととんぼが一匹とんできた青き宝玉しおかららしい

エーゲ海を見渡すごとき坂の上に真青き夏の空広がれり

真青なる空にかがようさるすべりの赤き花群よ夏美しき

清やかな木々のみどりと空の青夏は色みな光をまとう

ガラス戸に広がる空の青深し白き綿雲悠々とゆく

ゆったりとゆく白雲よ我もまたこの青き空さすらいゆきたし

向かい家の上にぽっかり白い雲なつかしそうに私を見ている

ガラス戸にうつる夏空仰ぎつつさやかな青に染まりてゆきぬ

灰色のぬれた真綿をまとうごと蒸しむし暑き葉月曇り日

じりじりと照る夏の日よ十代の活力持ちて向かいてゆかむ

クーラーの冷たき部屋のガラス戸にうつる夏空の涼やかな青

石榴花が流しに立てば今朝も見ゆ一花の朱に励まさるるかな

緑金のひかりかがよう庭木々に去りゆく間際の夏のひととき

美しき夕べとなりぬ坂の上の木の間に金の雲がのぞきて
　ショー見るごとき

球形の地平を埋めて湧く雲の力に満ちて夏盛りなり

雲の峯地平にいくつも並び立つ勇姿りんとして四囲を圧する

夕陽抱き入道雲は燃えながら峯くずしゆくショー見るごとき

小さき勇者

夏のみの命を燃やしなく蝉のこえにぎやかな八月の朝

みんみんと蝉のこえ満ち夏空も緑の茂りもいよよ輝く

なきたつる蟬はいのちの輝きを四囲に満たして夏活気づく

そのいのちしぼり出すごとなく蟬に送られ酷暑の夏も過ぎゆく

逝く夏や道そちこちによこたわる小さき勇者の蟬の亡骸

気がつけばぴたりと蟬のこえがなし九月九日　日の照る朝

冷たき風

北風の第一陣の訪れてにわかに涼し彼岸中日

正確な季の巡りよ彼岸過ぎ北風吹きて夏は終りぬ

戸を繰れば冷たき風の入り来ぬ熱帯夜などもう思い出せぬ

去りゆけばあえぎし夏もなつかしき冷たき風に木々の揺れおり

起きてまず汗ぬぐいしをこの朝は長袖のシャツ探し羽織りぬ

頑張れよけし粒ほどの小さき花ひょろりと細き紫蘇はつけおり

夕餉の笑顔

「メモリー」をききてかなしきニューヨークで初めてききし日夫おりし日よ

我が上に過ぎける時の感触をこぼし流るる「黄昏」の曲

亡き夫と過ごしし日々を恋うるとき「今も幸せ」と言いきかすなり

父母も姉兄たちもみな逝きて夕餉の笑顔はただ記憶のみ

シューベルトの小夜曲流るる母がよく歌いおりにき家事の折々

思い出は葉叢を渡る風のごときらめき出ては瞬時消えゆく

疎遠なるいとこらのこと娘にすれば不明一族の血ぞなつかしき

愛するとは心地よきこと娘らを愛しむ思い味わいており

バッグには〝Gone with the Wind〟の本ありてざわめききこゆ膝の上より

腹蔵なく語れる仲間多くいて集まりいくつか行くを約しぬ

猫族かはた犬族かどちらとも独りも楽し群れるも楽し

知らぬひと語りかくるが二度ありて一期一会の温み残りぬ

隣どうし憎み合いおりし女《ひと》ふたり次ぎ次ぎ逝きてこの世に今なし

若者は我にとりては真黒なる髪つやつやとひかりいるひと
我もまたつやめく黒髪美しとひとに言われぬ若き折には

鳩一羽きてその後をまた一羽はげしくとびきて甘き鳴きごえ

高枝に寄り添う鳩の影二つ愛の鼓動がきこえてきそう

アンテナにここを寝ぐらときめいるか鳥動かず夕闇の中

夕ぐれて灯りともれば窓かげにひと動く見ゆ青シャツの男《ひと》

三年を経て

三十年横須賀線に馴染みいて湘南の野を愛しみおりき

「なぜあなたここにいるの」と多摩の木々素気もなかりき車窓の我に

新宿に向かう車窓をよぎる木々友となりきぬ三年を経て

さまざまな思い少しずつ刻まれて小田急沿線馴染み増しゆく

お伊勢参り

友と五人新横浜で待ち合わせ鳥羽にゆかむと「ひかり」に乗りぬ

高齢となれど会えば寮生の頃と変らず笑顔は若し

乗りかえの名古屋に着きぬ大学の休みのたびに帰省せしところ

六十年時は過ぎけり「メルサ」なるビル建ちている昔のままに

参宮線乗りて名古屋市通りゆく枯れ色の草河原に茫々

父母の姿顕ち来る家ありし春日井の空遠くに見つつ

冬近き草木や家のたたずまいあの頃のまま！と窓に顔寄す

焼蛤《やきはま》のここが桑名か鈴鹿など名のみよく知る町通りゆく

四日市は工業の町タンクローリー車駅の線路に並んでいたり

倭姫振り返り見し二見浦小島いくつか海飾りいる

古きより人ら眺め来し志摩の森黄に色づきて我を迎える

窓近く次ぎ次ぎ過ぎゆくまろき森豊かな木々はいま秋の色

鳥羽に来て宿に泊まりぬ目下には志摩の内海日にひかりいぬ

碧玉の色は変らず千年の時を抱きて輝く海よ

鳥羽の浦にきらめく灯り見下ろして音頭も高くワインで乾杯

砂利道の長き参道をかしこみて内宮拝さむと歩みてゆきぬ

五十鈴川清く流れてみ社の従者のごとく白鷺一羽

あいさつに頷きくれし白き神馬大き黒目としばし見合いぬ

江戸人はお伊勢参りを一生の願いとせしとか我は果せり

二〇一三年

春の風

空青く睦月の日差しに椿花《か》の紅と雪の白清くかがよう

裸木の梢の向こうの空の青心に満たしひと日過ごせり

風さんよ久し振りだね春立つ日湿った南風頬を触れゆく

春が来て逗子でしばしば会いし風友に会うごとなつかしきかな

この年も春にゆき会いつ白紅の梅の大樹はいま咲き満てり

吹き荒れし南風一団残りいて真青き空に若芽揺れいる

迫る暑さ

切々と胸に迫り来る山鳩の甘き鳴きごえ長くつづけり

くぐもれる低きこえして鳴く鳩のこえは相手にしかとゆくらむ

逗子におりし時と同じに鳴く鳩よ愛しみききし〝時〟思い出ず

湘南の空は夫子らに囲まれて眺めおりしを多摩の空ひとり

さまざまな色が波打つわが裡を過ぎける〝時〟が過《よぎ》りゆくとき

母求め泣きいる我を慰めて頭なぜくれし亡き兄思ほゆ

母親に寄り添い歩く高校生我にもありきそのようなとき

学び舎へ男の子駆けゆく目に見えぬ〝時〟を背中のかばんに乗せて

さまざまな〝時〟が出て来てその〝時〟が一番幸せだったと嘆く

わが心さみしくあれば町中で逢いたる娘に抱きつきにけり

施餓鬼会に立ちいる我にまといつく金の蜂ありもしや亡夫かも

パパかもと言えば娘はよろこびて二人語りぬ蜂の不思議を

午後一時見事真夏の日差しなり外の面に金の光あふるる

老いの身に湧きくる力ぞたのもしき迫る暑さよいざ迎えうたむ

蝉の高鳴き

玉川に蝉のひとこえ鳴き渡り元気は出でぬ葉月一日

地より出てまぶしき夏の日嬉しからむ力満ちたる蟬の高鳴き

一夏のいのちの蟬のけなげさをもらい酷暑を共に生きなむ

蟬さんよ元気でいいねぇこの暑さ！よ〜しわたしも元気を出そう

最期の日近づく蟬やなくこえのひときわしげき晩夏の朝

勇み生き寿命は尽きて道の辺に仰向き倒れ蟬は動かず

従容と終り迎えしか蟬たちは我の一生と重ねみるかも
我が生は一夏の夢ときがきて骸さらすらむ蟬のごとくに

秋は来ぬ

空の青さやかにひかり秋は来ぬ窓辺をやさしく風は流るる
秋来ぬと真青き空のひかりおり白き綿雲二ひら三ひら

酷熱の夏に動ぜず立ちおりきけやきは豊かに葉を茂らせて

季は来て大量の葉を落しゆくけやきの生の激しさを知る

ガラス戸に冬日明るく木漏れ日は揺れて平安の満つるひととき

本棚に並ぶ本の背に木の葉かげ踊り揺るるを見るは楽しき

やわらかき冬日あふれて眼裏に葉のかげ揺るるまどろみのとき

木漏れ日はちろちろ揺れぬモーム書く呪術の小説の白きページに

山の端の空にまんまる大き月しばし真向かえば心たおやか

夜の町見下ろす白くまるき月何か話しそうやさしきことを

清やかな白金のひかりきらめける彼方の窓に朝の日差して

ゆずきざみ手ひらに残る芳香を深々吸いぬひとりの夕べ

牙むきて寒さが襲いかかりくる身をかたくして師走過ぎゆく

白き壁のみ

青虫は巧みに隠れくちなしの葉をいただきて日毎ふとりぬ

青虫は日毎太りゆきくちなしは葉を与えつつ裸となりぬ

流れくるバッハの調べに洗われて己は消えてすきとおりゆく

己が顔鏡にうつるをじっと見きよくぞ生き来し皺ある顔よ

耳もとで我が幼名を呼ぶこえす振り向き見れば白き壁のみ

すれちがい「あ、いいにおい」と言いし友はなやぎ嬉し病むひとなれば

友らの情け――高校の同期生

夫逝きて九年墓前《ぼぜん》に友たちは今年も集い偲びてくれぬ

九年経てなおも夫をば偲びくるる友らの情けありがたきかな

君いぬをまた思い知る友たちの温き語らいに君の影なし

「あなたどこに消えてしまったの」わが傍え君の気配さえ無きが悲しき

君の世とこの世のへだて大きくて叫び求めても近づく術なし

墓前《はかまえ》のリンゴの赤の美しき供えたる友のこころ見るごと

こえそろえ墓前でうたう「オールド・ブラック・ジョー」うたのことばの今は身にしむ

今ははや我ら多くも「オールド・ブラック・ジョー」逝きけるひとの呼ぶこえがする

生あるはよきかな美しき冬の日に集える人ら金にかがよう

二〇一四年

音符のごとき

ビル群は鋭き刃となり新宿の冷たき空の青を切りさく

美しき文様つくる群雀けやき細枝に音符のごとき

裸木に群れとりまいて雀らは何話しいむ寄り添うもあり

触れている雀の和毛《にこげ》よろこびてけやきの木肌黒くつやめく

南風吹く日つづきていっせいに吹きいずるごと花咲き出でぬ

枯山の一点華やぐ咲き出たるさくら一樹の白き輝き

花の季来ればいまなおときめきぬ眠れるいのち目覚めゆくごと

夏風

またひとつ季が去りゆく馴染みたる毛糸の帽子を今日はしまいぬ

ガラス戸を満たす空の青明るくて夏をよろこび朝餉を食みぬ

乾きたる風の音ひと日鳴りていぬこの夏のよき思い出とせむ

夏の日のまぶしくひかる森木々を烈しく揺らし風吹き巡る

空の青木々の緑を吹き巡り風入り来ぬ厨窓より

ほてりたる肌にここちよき夏木々を揺らし窓より入り来る風

酷熱の夏も楽しき日を跳ねて茂り激しく揺るるを見れば

あなたは木にわたしは人に生を受けともに楽しむよこの夏風を

木よ蟬よ鳥よ夏風よこの星にこのひとときを共にいるなり

向かい家の大樹二本に向き合いて深き森の気を日々もらうかな

午睡より覚めれば窓に緑金のひかりあふれいぬ葉月日盛り

秋風一号

九月彼岸ひやりと冷たき風触れぬ秋風一号ついに来たりぬ

水無月にこの日を目ざし身をかまえ文月葉月の酷暑耐え来ぬ

さわやかな秋風吹けば沈みがちなこころに淡きよろこびの湧く

嵐過ぎ空は真青く木々はなお激しく揺れて金粉ふりまく

寒波来て秋深まりぬガラス戸に朱や黄色のひかり揺れいる

この朝のわが慰めや頬白の庭に来たりて遊びてゆけり

功をたたえて

ひと月余けやき大樹は見る毎に秋の歩みを知らせてくれぬ

葉は薄れ葉色変りて日毎ひごと姿変えゆくけやき大樹は

輝きて高みにありしけやきの葉黄に色づきて地におりて来ぬ

役目終え落葉となれるけやきの葉功をたたえて棚に飾りぬ

豊かなりし緑の茂り今はなく枝々あらわに空のぞきいる

ぽっかり白い雲

目の先の木の間の空にさまざまな雲現わるを見るは楽しき
木の間よりのぞくぽっかり白い雲熊になったり龍になったり
隣家の屋根の上に白く浮く雲が話したそうにこちらを見ている
やさし気にこちらをのぞく真白なる綿毛の雲よごきげんいかが

梢の間に青をたたえる湖のあり真白き雲の岸に囲われ

天空の際より立つ雲盛り上がり三つの頭四囲を見据える

空は海大きな雲の龍がゆく海は広やか龍はゆったり

青空を黒雲流れおおいゆく空の変化をうつすガラス戸

わが足いずこ

若き日の刹那が過ぎゆく夏の日の道を群れゆく若者たちに
スタスタと軽く歩みゆく若者よかつては我もそうでありしを
よろよろと十歩ゆきては立ち止まり駅への道も一里あるごと
軽々と野の道山道駆けおりしわが足いずこあわれなひとよ

ハピエストタイム

手作りのプリン届けてくれし孫その一瞬はハピエストタイム

さみしいと何故に嘆くのこんなにも幸せな時があるではないの

娘のことば我を打つなり「ママの身で嘆きを言えば罰が当たるよ」

生あるはありがたきこと楽しきと思うが正しとわかりいるなり

我説くを静かにうなずききく孫のこころ浄からむその肌のごと

若き日にわが尊びし純真をいま持ちほほえむ二十歳の乙女

浄らかな気が流れくる色白の少女坐れるその身体より

足悪き我の手をとり助けくるる二十六歳になりたる孫は

しゃべりかた声にあどけなさ残りいるおみなのやわき手をにぎりしむ

まちがい電話

けんめいに「ママー」と呼ぶこえ幼ごえ受話器にきこゆまちがい電話の

幼子に「ママ」と求められいるひとをしばし思いぬうらやみにつつ

己が娘にやさしき眼差し向けているひとを美しとそのとき思いぬ

花柄のカーテン揺れいるビルの窓人の気配の温かきかな

爆音をきけばおそろしB29をききし日のごと七十年経てなお

事の無き時代にたまたま生れあわせ同期と集う傘寿の宴

ぜいたくと叱りてみれど気楽さも常にしあればときに空しき

悲しみが淵をあふるるひとりひとり逝きけるひとを思う雨の日

学生の君

塩からがチラシにありぬ夫いればよろこび求むを今は縁なき

若きひと見れば思わる知り初めし頃のすこやかな学生の君

クラシックきかせるカフェでベートーヴェンを二人できさしこともありしよ

二〇一五年

冷《ひや》雨《さめ》

雨粒を伴い風は木々を打ち外の面の世界今は灰色

ひとり身を悲しむなかれ冷雨《ひやさめ》を家にこもりて見るはよきかな

雲割れて日の差しこめばものなべて喜色とりもどす魔法のごとし

裸木は自ら形を整えて木末は美しき曲線をなす

冬空に芸術品が並びいる木末のつくる曲線美し

山の端の明りて日輪のぞく間を地球の動き見むと息詰む

夏のオアシス

汗をふく駅のホームを涼風がそよと流れ来てほっと一息

冷房のいらぬ夏あり鎌倉のみ寺の木下に吹く風涼し

境内の木陰に立てば涼風の流れてここは夏のオアシス

孫子らと抹茶クリームのかき氷食べて安堵の顔を見合わす

多摩の丘熱射の中に草木々はみどりさえざえと輝きている

大樹の鼓動

芽吹きへの営み日毎進むらむけやきの木末空に静もる

青空に梢を伸ばして芽吹き待つけやき大樹の静けさぞよき

枝々のそのしなやかさ春を待つけやき大樹の鼓動きこゆる

わが身にも元気湧きつつ朝毎に芽吹き間近きけやきに向かう

須臾の間にけやきは若葉におおわれて朝の光に大樹輝く

強風に緑の樹体揺らしいるけやき大樹の力愛でにき

車内のひととき

それぞれに己が人生を歩みいる人らと過ごす車内のひととき

ゆきずりの人らと人生の一瞬を共にいることこれも縁《えにし》か

足悪しきことわかりてか遠くより席ゆずりくれしひとを忘れじ

席ゆずりくれし若者に礼言えばまぶしき笑みをかえしてくれぬ

信濃路の車窓を過《よぎ》る水張田は田植えを終えて苗水さわやか

田を区切る真直ぐな畦の美しさ作りし人を尊び偲びぬ

夢の余韻

見し夢の中身ももやもや消え去りて温もりのみがしばし残りぬ

心地よき夢の余韻を楽しみぬ定かならねどみなと歌いいぬ

亡き姉と夢で会いたりこえ交わし去りゆくそびらの鮮やかな青

電話機が受信を知らせひかり出す鳴り出す前の須臾のときめき

チューリップはこころあるのかうなだるる茎をなずれば花首を起しぬ

ひと月余楽しませてくれてありがとう小菊しおれて捨つる日は来ぬ

勧誘を断りし後悲しかりけん命な顔こころに残り

浴室に数日ひそみおりし蛾を工夫し捕え窓に放ちぬ

小さき蛾の生欲するは我と同じ放しし後の無事を願いぬ

小さき蛾を救えば少し我が罪の軽くなるやもいやいやとても

これまでに蚊やゴキブリを容赦なく殺したることの言い訳ならず

今日の幸せ

内底にしつこくひそむ黒き影吐き出さむとして大口をあく
若きこえ高く笑い合い過ぎてゆくわたしにはもうできない笑い
先細く形よき靴我もかつてはきておりしよいまは見るのみ
ソルベーグの楽流るれば故もなく涙にじみて静もりていぬ

生きていることの嬉しきジャズとなりしバッハの調べ流るる夕べ

幸せをかぞえて生きなむ娘と会いし十分間は今日の幸せ

通りすがりの軒先に
ひそやかに立っている芙蓉の木
よく見ると
おや無数のつぼみがついている
すがすがしい萼のみどりよ
どのつぼみもはちきれそうに

ぷくぷくふくらんで
一つか二つ
ピンク色の
やわらかい花びらが
はずかしそうにのぞいている
何とよろこびあふれた木であろう
みずみずしいきれいないのち！
芙蓉の木よ
わたしのこころは
愛するものの誕生を祝う
宴の席にいるように
とてもうれしいよ！

芙蓉花の無数のつぼみひらきかけ楽しきさざめききこえくるごと

あとがき

私が短歌の世界に足を踏み入れたのは昭和六十一年、五十二歳の時であった。第一歌集『ときとどめむと』にも書いたように、それまで詩や文学には関心があったが、短歌はむずかしそうで、自分が詠めるようになるとは夢にも思っていなかった。しかし友人の紹介で島田修二先生が講師の「あづまうた会」に入り、先生主宰の「草木」の会員ともなり、先生のご指導を受けながら短歌をつくっているうちに、短歌の魅力がわかるようになっていった。そして平成十八年に歌集を出すことになったのだが、跋文をお書きいただくことになっていた島田先生が直前に急逝され、先生のお教えの結実した歌集を見ていただくことができなかったのは誠に残念であった。

その後逗子市から町田市へ転居したが、現在はどの結社にも所属せず、日本短歌協会の会員として年一回、十二首を協会発行の「歌人年鑑」に発表しているのみである。

第一歌集出版の折には「わが生涯、これが最初で最後の歌集」と思っていたのだが、それより十余年が過ぎて、作った歌が大分溜まってしまった。捨て去るのも惜しく、歌集出版を生徒たちに奨励してくださった島田先生のお言葉を思い第二歌集を出そうと決意した。

「歌は時を保存する器である」という考えは初めから変わらない。私の上を通り過ぎるさまざまな〝時〟のつながりが私の〝生〟である。ほうっておけばその〝時〟は何の痕跡も残さず消え去ってしまう。何とかその〝時〟をとらえ残したいというのは私の本能かもしれない。

斎藤茂吉著『万葉秀歌』に載っている「燈《ともしび》のかげに耀《かがよ》ふうつせみの妹が咲《ゑま》ひしおもかげに見ゆ」、私はこの歌が好きである。茂吉氏の解釈によると「何ともいえぬ美しく輝くような現身《うつせみ》即ち体そのものの女が、今おもかげに立って来ている」というのである。千何百年も前のその一瞬があざやかによみがえって来て私はその時の若者になる。彼の初々しいときめきを感じ、若い女性の美しい微笑を目前に見る。まさに歌は〝時〟を保存しているのである。

虹色の光を宿す我を過ぐる〝時〟納めたる歌の器は

歌はその内容によってさまざまな異なる色の光を放つ。私にとって歌は時を内包する虹色の光を宿す時の器である。ここから表題を「虹色の器」とした。

今回は批評を仰ぐ方もなく拙い点は多々あると思うが、私にとっては自分史に代る生の証しであり心の記録である。島田先生及び「草木」代表でいらした故吉田和人様の天からのおこえに励まされながら、勇を鼓して発表する次第である。

出版の際には短歌研究社の堀山和子様、菊池洋美様には大変お世話になりました。ご親切に相談にのっていただき、やさしくお応えいただきどんなに心強かったかしれません。心より御礼申し上げます。

平成二十九年五月

小沢瑠奈

検印
省略

平成二十九年九月七日　印刷発行

歌集　虹《にじ》色《いろ》の器《うつわ》

定価　本体二〇〇〇円
（税別）

著　者　小《お》沢《ざわ》瑠《る》奈《な》
郵便番号一九四—〇〇四一
東京都町田市玉川学園八—一四—一一

発行者　國兼秀二

発行所　短歌研究社
郵便番号一一二—〇〇一三
東京都文京区音羽一—一七—一四　音羽YKビル
電話　〇三（三九四四）四八二二番
振替　〇〇一九〇—九—二四三七五番

印刷者　研文社
製本者　牧製本

ISBN 978-4-86272-544-8　C0092　¥2000E